SOPA DE LIBROS

Juan Ignacio Luca de Tena, 15. 28027 Madrid

Primera edición, octubre 2001

Diseño: Manuel Estrada

ISBN: 84-667-0615-1
Depósito legal: M. 36.070/2001

Impreso en ORYMU, S. A.
Ruiz de Alda, 1
Polígono de la Estación
Pinto (Madrid)
Impreso en España - Printed in Spain

Barrena, Pablo
El tigre mágico / Pablo Barrena ; ilustraciones de Federico Delicado. — Madrid : Anaya, 2001
80 p. : il. col. ; 20 cm. — (Sopa de Libros ; 63)
ISBN 84-667-0615-1
1. Tigres. 2. Imaginación. 3. Relación padre-hijos. I. Delicado, Federico, il.
087.5:82-3

El tigre mágico

SOPA DE LIBROS

Pablo Barrena

El tigre mágico

Ilustraciones
de Federico Delicado

ANAYA

A Julia y Javier,
para que jueguen
y rían siempre.

El tigre de cartón y la avispa

Julia, Javier y su papá
llevaban varios días
construyendo un tigre de cartón
igual al de la fotografía
que tienen en el salón.
Pensaban presentarlo
al concurso de juguetes
organizado en el barrio
con motivo de las fiestas.

Primero, prepararon
el engrudo y la pasta de papel;
después, los mezclaron
e hicieron una especie de «papilla»
con la que cubrieron el molde.

Cuando quedaban
tres días para
el concurso
y a la figura solo
faltaba añadirle
la cola y pintarla,
papá dijo a sus hijos
que les iba a contar la
Historia del tigre y el niño.
Fue justo la tarde
en que una avispa
se coló dos veces en el salón
y tuvieron que espantarla.

La primera vez,
la avispa entró por la ventana,
voló directa
hacia la fotografía del tigre,
y Javier la ahuyentó
dando manotazos al aire:
—¡Fuera, fuera!
De manera
que el insecto se marchó
por donde había entrado.

La segunda vez,
la avispa se coló
cuando papá estaba pintando
una pata del tigre,
y Julia la vio:

—¡Eh, papá, otra vez la avispa!
¡Está en la cola del tigre!

—Si no se la hemos puesto aún
—dijo Javier.

—¡No digo de nuestro tigre,
digo el de la fotografía!
—contestó Julia.

—¡Vaya, parece que ese tigre atrae a las avispas! —comentó papá a la vez que tiraba un trapo al insecto.

La avispa lo esquivó y atacó a papá, que retrocedió, metió un pie en el cubo del engrudo y estuvo a punto de caerse.

Al final, entre los tres,
consiguieron echarla.
—¡Ja, ja!
Es lista la muy traidora
—bromeó papá
y sacó el pie del zapato

y, después, el zapato del cubo.
Luego, se sentó en el suelo
y, mientras limpiaba el zapato,
comenzó a contar
la *Historia del tigre y el niño.*
Julia y Javier
se sentaron también,
dispuestos
a escuchar.

HISTORIA DEL TIGRE Y EL NIÑO

Esto era una vez un niño
que jugaba en el bosque
y oyó voces de alarma.
Provenían de un circo ambulante
que pasaba por allí:
—¡Se ha escapado el tigre
con su cachorro!
¡Hay que cogerlos
antes de que ataquen a alguien!

Al principio, el niño sintió miedo,
aunque luego las voces
se alejaron poco a poco,
y se quedó más tranquilo.
Pero, de pronto, delante de él,
un señor salió de unos matorrales.

El niño pensó en huir
a toda velocidad.
Sin embargo, el señor
lo saludó amablemente,
y eso lo dejó paralizado,
sin saber qué hacer.

—¡Buenos días, hombrecito! —dijo el señor, mostrando un envoltorio de tela—. Aquí tengo un juguete que me acabo de encontrar. Desearía regalárselo a un niño, y he pensado que a lo mejor lo querrías tú, ¿qué me contestas?

El pequeño respondió que sí, aunque desconfiaba de lo que podía haber en el paquete.

También desconfiaba
del propio señor,
cuyos ojos verdes
brillaban igual que los de un gato.

Luego, mientras el señor se alejaba
caminando con gran agilidad,
el niño desenvolvió la tela
y contempló un juguete de madera:
¡Era un cachorro de tigre!

Papá estiró las piernas
y se tumbó boca arriba, pensativo,
como si recordara algo,
pero enseguida
continuó la historia:

El niño vio que el juguete
estaba sucio y lo limpió.
Luego pensó:

«Lo cuidaré muy bien».

Pero una mañana,
cansado de jugar con el tigre,
se sentó al pie de un árbol
y lo dejó en la hierba,
sin darse cuenta
de que estaba húmeda
y había cardos en ella.

Entonces, el tigre gruñó,
quejándose de la humedad
y de los pinchazos
que le producían los cardos.

GRR

Es que, gracias
a una magia maravillosa,
la madera se había vuelto carne,
y en la carne latía un corazón vivo.
Ante tal prodigio,
el niño se sorprendió primero,
pero después se sintió muy triste,
porque el cachorro
escapó corriendo,
sin que él lo hubiera secado
y quitado las espinas.

—Fin por hoy —dijo papá,
pero a sus hijos
les gustaba mucho la historia,
y Javier le rogó:

—Papá, papá, acaba el cuento,
anda.

—Otro día —dijo papá
y acarició la cabeza a su hijo.

A continuación,
se puso de pie y salió del salón.
Los hermanos permanecieron
sentados en el suelo,
pensativos y en silencio.

JUEGOS PELIGROSOS

Quedaban pocas horas
para que se celebrara el
concurso,
y papá, Julia y Javier
contemplaban el tigre terminado.
Lo habían puesto en un carrito
y estaba precioso, reluciente,
en medio del salón.

—Papá, ¡aún le falta la cola!
—dijo sonriendo Julia.

—Yo dije primero
que no la tenía —recordó Javier.

Papá aplicó pegamento a la cola,
se la puso al tigre
y dijo a sus hijos
que podían jugar un rato
con la figura si la trataban bien,
no fuera a pasarles
como al niño del cuento
con su cachorro de juguete.
Luego les contó:

Después de huir el cachorro,
el niño lo oyó gruñir
tras unos arbustos.
Iba a cogerlo,
cuando apareció
el señor que se lo regaló,
cogió en brazos al pequeño tigre
y marchó veloz
por el bosque adelante,
mirando a un lado
y a otro, como
si husmeara
algún peligro
terrible.

Nada más contar esto,
papá se fue a su habitación.
Los hermanos,
tirando del carrito con el tigre,
salieron del salón
y se fueron al parque.

Allí, jugaron a que el tigre
atacaba a Javier,
pero, una vez Julia lo agarró
por la cola, tiró fuerte
y ¡la cola se desprendió!,
pues, claro, el pegamento
no estaba seco aún.
Lo peor fue que Javier
se movió bruscamente
y golpeó con el hombro al tigre,
de forma que le hizo chocar
contra un árbol,
y se rompió:

¡Scrach, catakrack, catakrack, puff, scrach!

Julia y Javier comprendieron
que su papá se enfadaría
cuando viera
el destrozo de la figura.
Se lamentaron
igual que el niño del cuento
cuando perdió a su tigre.
Y, muy tristes,
volvieron a casa con el tigre roto.

Desaparecidos

Papá regresó al salón,
vio el desastre,
y sin poder contenerse,
tronó enrabietado.

—¡NO, NO, POR FAVOR!
¿PERO QUÉ HABÉIS HECHO
CON MI TIGRE?
¡MALANDRINES,
COMO OS COJA...!

Al oír los gritos,
mamá corrió al salón.

Enseguida comprendió
lo que pasaba
y trató de calmar a papá.
Le aconsejó
que recompusiera el tigre:
—Si lo arreglas un poco
puede que aún gane el concurso.
—¡Pero si está medio
espachurrado! —bufó papá.
Sin embargo, luego dijo
que intentaría repararlo
con la ayuda de Julia y Javier,
si los encontraba,
porque se habrían escondido
para que él no se los zampase.
Más tarde,
mamá salió del salón.
Los hermanos, desde la calle,
observaban

cómo trabajaba su padre
y hablaban de ayudarlo.
De improviso,
alguien a sus espaldas
se dirigió a ellos.

—Si no os atrevéis ahora,
podéis hacerlo luego.

Se revolvieron
dando un respingo:
a su lado estaba un señor
de ojos rasgados y verdes,

vestido de forma elegante,
con corbata y sombrero.
—Si vuestro papá
no termina de arreglar la figura
—les dijo con amabilidad—,
cuando vaya a cambiarse de ropa
para ir al concurso,
nos pondremos los tres
a recomponerla,
si es que me permitís
que os ayude.

El concurso

Mamá y papá
estaban en la zona del parque
donde se celebraba el concurso.
Ella decía enfadada
que no había visto a los niños
por ningún lado,
pero papá se sentía contento
por lo bien
que habían dejado el tigre
los malandrines de sus hijos.

En ese momento, el presentador
pidió a los concursantes
que se prepararan para el desfile
y recordó a los vecinos
que debían anotar sus votos
en las papeletas
que la organización
había repartido.
Papá, con el tigre,
fue a situarse
en la fila de los concursantes,
que comenzaron
a pasar por el escenario,
ante los aplausos del público.

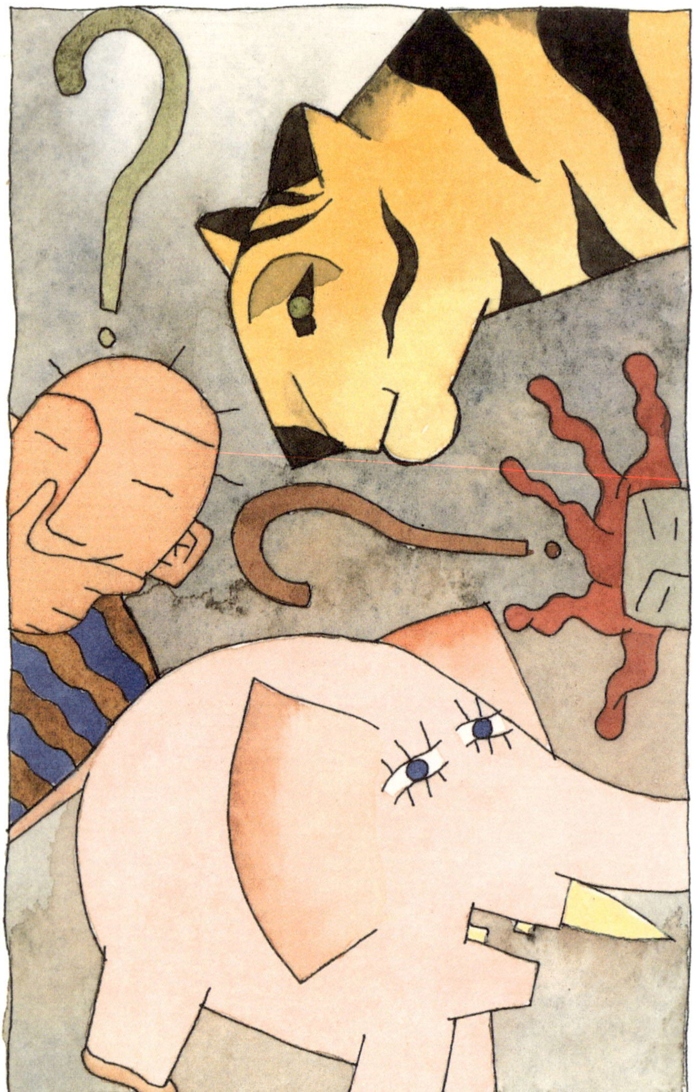

Cuando acabó el desfile,
mucha gente
dudaba entre dar su voto
al elefante de algodón
de una chica
o al tigre.

Papá y mamá se situaron
junto a unos arbustos
mientras esperaban
la proclamación
del ganador del concurso.
Estaban preocupados
porque no aparecían
Julia y Javier.

—¡Atención, atención!
—gritó el presentador—.
¡Ya tenemos contados los votos!
¡Y el primer premio es para...!
¡Atención, es para...!

¡EL TIGRE!
¡EL TIGRE GANA
EL PRIMER PREMIO!
—respiró hondo
y volvió a gritar—:
¡Y EL SEGUNDO PREMIO
ES PARA...
EL ELEFANTE DE ALGODÓN!

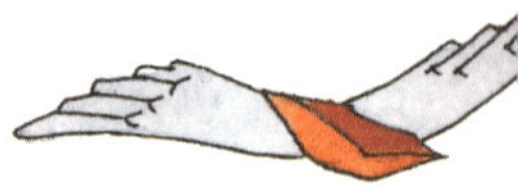

Mamá y papá
saltaron de alegría y se besaron,
y los vecinos los felicitaron
por el premio obtenido.
Mamá, preocupada, dijo:
—¡Qué lástima
que Julia y Javier no estén aquí!
¡Ellos también se merecen
este premio!
¡Hay que encontrarlos!
¿Y si se han escapado por ahí?
No sé... no sé qué pensar.
De repente, las plantas
se agitaron en la oscuridad,
como si las moviera el viento,
pero no soplaba viento..., como
si las moviera un gato o un perro,
pero no había gatos ni perros...,
¿qué sucedía?

Eran Javier y Julia
abriéndose paso entre las ramas.
Cuando salieron de las plantas,
exclamaron felices:

—¡QUÉ BIEN!
¡HEMOS GANADO!

Papá y mamá los miraron
con ganas de reprenderlos,
aunque la alegría
de verlos aparecer
hizo que el enfado
se les pasase al instante.

Papá les preguntó:

—¿Dónde os habéis metido
todo este rato, malandrines?
¿Y cómo habéis podido
arreglar el tigre
si no había tiempo para hacerlo?
¡Y, además, sin decirme nada!

El amigo de Julia y Javier

Los hermanos contaron
que se habían escondido
por miedo a papá
y cómo se habían hecho amigos
de un señor que los ayudó
a dejar arreglado el tigre.

—Además, nos dio este regalo
—dijo Javier
sacando un tigre de juguete
del bolsillo de su pantalón.

Mamá comentó
que le gustaría saludar al señor,
pero Julia y Javier dijeron
que no sabían dónde estaba.
Mientras hablaban,
papá sonreía
contemplando el juguete.
Y, de golpe, sin avisar,
se puso a relatar
la última parte
de la *Historia del tigre y el niño:*

Días más tarde de que el señor
se llevara al tigre,
el niño recibió un sobre
con una fotografía y una carta
en la que ponía lo siguiente:

Querido niño:
deseo decirte
que mi verdadera naturaleza
no es de humano sino de tigre.
Yo fui el tigre que, con su hijo,
escapó del circo.
Quería que él pudiera
transformarse en humano
como lo puedo hacer yo,
que soy un tigre mago.
Pero para ser tigre mago
es necesario
que antes te cuide un niño,
así que convertí a mi cachorro
en un tigre de juguete
y te lo regalé para que lo cuidases.

Aunque creas
que no lo trataste bien
porque se pinchó y se mojó,
la verdad es que antes de eso
lo cuidaste con mucho cariño.
Así que ahora
mi hijo es capaz de ser tigre
o niño, niño o tigre.

Siento que te quedases
sin el juguete.
Para que me disculpes
y me recuerdes
te envío una fotografía
de mí mismo como tigre.
Que seas feliz
y que cuando tengas hijos
les cuentes esta historia.

—Cuántas cosas maravillosas
hay en el mundo.
A veces
nos encontramos con algunas
y no las olvidamos nunca.
—dijo mamá con voz suave,
en medio del gran barullo
que rodeaba a la familia.
Y papá continuó el relato:

El niño lloraba
mirando la fotografía
y pensando
que no vería más al cachorro.
Pero leyó otra vez la carta
y vio algo que no había visto antes.
Debajo de la despedida,
el señor tigre aseguraba
que volverían a encontrarse
de nuevo.

—Así —añadió papá—,
acaba la historia.
Sin embargo, Julia y Javier
querían saber más, por ejemplo:
¿cómo lo cazaron si era mágico?,
¿y por qué papá

tenía una fotografía del tigre?
Papá les respondió
que esas eran otras historias,
y que las contaría
en otro momento.
La familia se quedó en silencio,
contemplando al tigre de cartón.
Junto al tigre
estaba el presentador,
que los miró,
se puso chaqueta y sombrero
y los saludó.

Julia y Javier
estallaron en un grito tremendo,
y señalaron hacia el presentador:

—¡ES EL SEÑOR
QUE NOS AYUDÓ
Y NOS REGALÓ EL TIGRE!
¡HOLA, HOLA, SEÑOR!

Entonces, salió una avispa
de no se sabe dónde
y picó la nariz del tigre,
que sacudió la cabeza
para espantarla.

—¡ES LA AVISPA
QUE ATACA A LOS TIGRES!
—gritaron Julia y Javier.

Luego, Julia, Javier,
mamá y papá rieron y rieron,
y no pararon de reír hasta que...,
hasta que el presentador
con el tigre
se acercó a ellos
y todos juntos
se marcharon del parque.

Escribieron y dibujaron...

Pablo Barrena

Pablo Barrena, además de autor de libros para niños y jóvenes, es crítico de literatura infantil y juvenil. Este no es el primer libro que publica en esta colección, antes apareció El cuaderno de Luismi. *¿Cual es el origen de este libro?*

Hace poco fui al zoo. Quería ver a mis animales preferidos, sobre todo a los tigres. Estaba ante un tigre hembra de magnífica estampa, cuando una niña se me acercó y me dijo:

—Oye, tú escribes historias para los niños, ¿no?

Le respondí que sí y pensé: «¿Cómo sabe que soy escritor?».

Enseguida, me hizo otra pregunta:

—¿A ti por qué te gustan los tigres?

—Los admiro mucho —dije—. Me gusta la manera en que cuidan de sus cachorros, y son los más grandes cazadores que existen. Pero, dime, ¿cómo sabes quién soy y que me atraen los tigres?

Se quedó pensativa durante un rato. Después me contestó:

—Los amigos de los tigres nos enteramos siempre de quiénes son las personas que se interesan por ellos.

Me quedé sorprendido, e iba a preguntarle algo, pero en ese momento rugió la tigresa, «¡gruf-gruf-gruf!», y la niña se alejó diciendo en voz baja:

—Otro día te contaré por qué algunos tigres pasean por las calles y hablan con la gente, y tú me contarás por qué te dedicas a escribir, ¿te parece?

Le dije que sí con la cabeza. Ella resopló «fuf-fuf-fuf», que es como saludan y se despiden los tigres, y desapareció entre los visitantes del zoo...

Y así fue como, gracias a esta conversación y otras que mantuve con la niña, se me ocurrió escribir el presente libro.

Federico Delicado

Federico Delicado estudió Bellas Artes. Recuerda con agrado uno de sus primeros trabajos: un cuento de María Puncel. Ahora es un ilustrador conocido que en Sopa de Libros tiene varios libros ilustrados. Hasta hace poco ha colaborado en prensa. ¿La síntesis que exige este trabajo le ha facilitado la elaboración de la ilustración de libros?

—Toda ilustración es síntesis, de lo contrario, estaría de más; nos bastaría con las imágenes que evoca el propio texto para pintar sus luces y sus sombras. No es función de la ilustración adornar, embellecer, completar o enriquecer el lenguaje escrito, sino extraer de él un pretexto compatible con el lenguaje del dibujo. Esto es igual de válido para la ilustración de libros o artículos periodísticos.

—Este es, de todos los libros que hasta el momento ha ilustrado en esta colección, el que más ilustra-

ciones tiene. ¿Esto sucede porque es un libro para primeros lectores o porque le ha gustado especialmente la historia?

—La historia me ha gustado, y lo que me ha parecido muy interesante es que hay un personaje en el cuento que, a su vez, aparece en la historia que el papá está contando. La idea de una voz animal que se pueda transmitir a través de generaciones; el tigre reencarnado en hombre o el hombre reencarnado en tigre... Este cruce de personajes, el cuento dentro del cuento, y a la vez la sensación de continuidad en el tiempo, me ha parecido muy sugerente a la hora de ilustrar, pues me permitía jugar con varios planos narrativos que he diferenciado con el color.